KB260428

창가에
닻을 내리고

창가에 닻을 내리고
유미란 시집

초판 인쇄 | 2009년 1월 15일
초판 발행 | 2009년 1월 20일

지은이 | 유미란
펴낸이 | 신현운
펴낸곳 | 연인M&B
디자인 | 이희정
기　획 | 여인화
등　록 | 2000년 3월 7일 제2-3037호
주　소 | 143-874 서울특별시 광진구 자양동 (680-25호(2층)
전　화 | (02)455-3987 팩스 | (02)3437-5975
홈주소 | www.yeoninmb.co.kr
이메일 | yeonin7@hanmail.net

값 7,000원

저자와의 협의에 의하여 인지는 생략합니다.
ⓒ 유미란 2009 Printed in Korea

ISBN 978-89-6253-020-9 03810

연인푸른시선 001

창가에 닻을 내리고

유미란 시집

느티나무 옆에 섬이 산다
나는 섬 중에 가장 작은 섬
섬에서 태어나 섬에서 살다
다시 섬이 되어 배를 기다리며 산다
느티나무 선착장에 배들이 묶여 있다
바람이 닻줄을 흔든다
금방이라도 줄이 풀려 떠내려갈 것처럼 위태로워도 배는 쉽게 닻줄을 놓지 못한다
버려진 폐선들이 발밑으로 가라앉아 화려했던 모습이 일그러져 형체를 분간할 수 없다
나뭇잎 배들이 조심스럽게 닻줄을 풀기 시작한다
아, 저러다 저러다 누구도 태워 보지 못한 빈 배 멀리 가 보지도 못하고
발밑에 또 가라앉으면 어쩌나 그중 한 척의 배가 내 창가로 떠내려와 조용히 닻을 내린다
정박 중이다

옛날 옛날 아주 먼 옛날
우리는 모두 알고 지냈던 사람들이었을지 모릅니다
단지, 우리가 모르고 있을 뿐
나의 부모나 친구, 아님
더 가까운 부부였는지
그건 모르는 일입니다
좋은 사이였건 나쁜 사이였건 분명,
몇 백 년을 기다렸다
그 인연의 고리에 고리를 따라
이곳까지 오게 된 겁니다
그리고 다시 만났습니다
이렇게 아름다운 관계로 말입니다
겉보기엔 아무런 관계도 아닌 것처럼 보일지 모르나
당신과 나는
서로 외면할 수 없는 밀접한 관계임이 틀림없습니다
당신을 바라보는 내 눈빛이 그렇고
당신을 향한 멈추지 않는 뜨거운 피가 그렇고

어딘지 낯설지 않은 모습이 그렇고
편안하고 익숙한 느낌이 그렇습니다
기억 저편 어떤 경로를 통해
만나게 됐는지는 모르나
눈앞에 소중한 인연을 어찌 무심히 지나칠 수 있겠습니까
다음 생에 무엇으로 만날지 모르는 우리
이대로 그냥 의미 없이 보낼 순 없습니다

바스락거리는 소리가 들립니다
내가 아는 누군가가 가까이 와 있다는 증거입니다
눈으로 소리로 날 지켜보며 조용조용 뜰을 거닐고 있습니다
그가 누군지는 저도 모릅니다
나와 비슷한 코드를 가진 소수의 사람이
내 정원에 드나든다는 것밖에…….

2008년 12월 하얀 겨울

향원 유미란

| 차례 |

서시 | 4

제1부 모서리

모서리 | 10   詩 배기 | 12   여름 담쟁이 | 13

내 마음 너무 얇아서 | 14   횡단보도 앞에서 | 15

미몽(未夢) | 16   몹쓸 가을 | 17   별을 삼키다 | 18

낮잠에서 깨어 | 20   꿈속의 꿈 | 21   낙엽 위에 쓴 연서 | 22

첫 눈 | 24   끌림 5 | 25   꽃잎의 유언 | 26

메밀꽃 | 27   화살이 정면으로 오는 이유 | 28

물방울 | 29   삭발 | 30   옻나무 | 31   나쁜 꿈 | 32

제2부 오래된 길

코스모스 | 36   속 깊은 나무 | 38   오래된 길 | 39

가을 어느 날 | 40   詩꾼의 미문(美文) | 41

설날 아침 | 42   비 오던 날 어머니 | 43   작약 | 44

풍경 너 | 45   남겨진 자리는 늘 외롭다 | 46   유자 | 48

조우(朝雨) | 50   콩밥 말고 흰밥 | 51   홀딱 벗고 새 | 52

시간 | 53   잃어버린 시간 | 54   송구영신(送舊迎新) | 56

비 온 뒤 | 58   마음 | 59   건망증 | 60   회향(懷鄕) | 61

제3부 나뭇잎 배

기다림의 끝 | 64   폭설주의보 | 65

해열제가 필요한 날 | 66   양치기 소년 | 67

나뭇잎 배 | 68   끌림 | 70   끌림 6 | 71   목욕탕에서 | 72

봄마중 | 74   해가 달다 | 75   빨간 리본 | 76   염원 | 77

본성 | 78   오월에 갇혀 | 79   봄 숲에서 | 80

입춘 | 81   7월의 풍경 | 82   중심 | 83

순전히 가을 때문이다 | 84   민들레 영토 | 86

제4부 꽃에게 고함

좀작살나무 | 90　　모과나무 | 91　　가을 냄새 | 92

여름잠 | 94　　사루비아 | 95　　기억의 자국을 지우다 | 96

얼레빗 | 98　　지지 않는 꽃 | 99　　불광사에서 | 100

꽃에게 고함 | 102　　거리 좁히기 | 103　　그저 그렇게 | 104

먹이사슬 | 105　　무지개 | 160　　시작(詩作) | 107

새벽 | 108　　불면증 | 109　　목련 | 110

시계 | 111　　별똥별 | 112

| 해설 |
인생론적인 사색과 통찰의 시 · 강희근 | 113

제1부 모서리

나는 모서리가 싫다

사람이든 물건이든
창끝을 보는 것 같아 정말 싫다
내가 다니던 초등학교 이 층 난간은 섬뜩했다
우리 아이들도 모서리에 깨지고 찢기며 자랐다
모서리를 보면 눈이 시려 고개 돌려버린다
마음이 모나서 모서리가 된 건 아니겠지
몸속에 둥근 걸 품기 위한 모서리인가
그토록 모서리를 싫어하면서
나는 모서리를 떠나 살아 본 적이 없다
모서리에서 잠을 자고
모서리에서 밥을 먹고
날카로운 모서리로 요리하며 모서리로
글을 쓴다
그럭저럭 모서리와 몸 섞여 살다 보니
나도 모르게
닳고 닳아 무디어지는 모서리

예리한 칼날 품고 눈매 매서웠던 그 아이
지금 어디서 달을 품고
둥글게 살아갈까

모서리

나는 모서리가 싫다

사람이든 물건이든
창끝을 보는 것 같아 정말 싫다
내가 다니던 초등학교 이 층 난간은 섬뜩했다
우리 아이들도 모서리에 깨지고 찢기며 자랐다
모서리를 보면 눈이 시려 고개 돌려버린다
마음이 모나서 모서리가 된 건 아니겠지
몸속에 둥근 걸 품기 위한 모서리인가
그토록 모서리를 싫어하면서
나는 모서리를 떠나 살아 본 적이 없다
모서리에서 잠을 자고
모서리에서 밥을 먹고
날카로운 모서리로 요리하며 모서리로
글을 쓴다
그럭저럭 모서리와 몸 섞여 살다 보니
나도 모르게
닳고 닳아 무디어지는 모서리

예리한 칼날 품고 눈매 매서웠던 그 아이
지금 어디서 달을 품고
둥글게 살아갈까

詩 배기

우울함은 잉태의 징조
달거리 전후로 왕성한 호르몬이 분비된다
온갖 잡념들은 때를 놓치지 않고
복잡한 내 감성을 마구 자극한다
어쩌다 찾아오는 막막한 것들과
동침을 한다
수태된 다음날 살살 느껴지는 통증
詩를 임신했다

여름 담쟁이

저녁밥 익어가는 창틈으로
파란 손이 들어왔다
벽에 비스듬히 기댄 졸린 어깨 너머로
향긋한 풀 냄새가 났다
우주의 어느 별이 떠돌다 떨어져
돌아가지 못하고
지구의 어느 별을 만나
담벼락 아래 몸을 숨긴 채
날마다 차오르는 그리움으로
별이 무성한 숲을
벽에다 서서히 만들고 있었던 걸까
졸린 내 마음의 황무지에
숲과 하늘을 데리고 온 당신
자유로운 창살 너머로
포근한 별이 뜬다

내 마음 너무 얇아서

상처로 야윈
젖은 낙엽 들고
내 마음 바스러진다
헛발 디뎌 밟힌
내 무게를 견디며
너의 무너지는 소리에
내 마음 바스러진다
가을, 공허로 텅 빈
한 줄
가지 잡고 흔들리며 울던
너의 숨막힘이 막막하게 잊혀져
바스러진다
좀 더 일찍
너의 상처 어루만지며
사랑한다는 말 한마디만 들려줬어도
발 디딜 때마다
바스러지는 소리 들으며
미안해하지 않아도 될 텐데

횡단보도 앞에서
—낯선 도시

갑자기

도시 한복판이 농번기를 끝낸 시골 들판이다

막차가 뚝 끊긴 비포장도로다

오지 않는 버스를 기다리며 두 눈 동그랗게 뜬

나는 산골 소녀다

밤으로 날아다니다 추락 직전의 내 꿈이다

눈 없는 바람이 딱딱한 등짝에 부딪혀

노랗게 튕겨 오른다

햇살 넘어지며 혀끝 무는 은행나무 아래

허수아비로 서 있던 사람들 눈에 켜진 파란 희망이다

여러 개의 발이 노란 심장을 밟고 지나가면서도

흔들리지 않는

저 무심함이다

밟히는 자보다 오히려 밟는 자가 더 아파하는

그런 날이 더 많은

떨어진 것도 숨을 쉬는 정지된 순간이다

여긴 도시다

너무나 낯선

미몽(未夢)

보리가 익네
부풀다만 초록 보리가
유리잔 속 꿈만 삼키다
퉁퉁 익네
익어, 수척한 그리움 한꺼번에 몰려와
너와 멀어지지 않으려
눈으로 힘껏 고삐를 당겼네
닭힌 눈망울 비린 깃털 하나가
맥없이 부러지고
토닥거리던 흰 손
문을 닫고 우네
주름 잡힌 어둠 속
생명 하나 사라져도
비명 질러줄 바람마저 없네

몹쓸 가을

열어 놓은 창으로
불길 번져온다

누군가 날 깨우지 않았더라면
저 불길 속에 갇혀
영원히 헤어나지 못했을 텐데

깨어 있어 다행이다

별을 삼키다

별을
바라보는 것으로 부족한 무료한 밤
별을 가지려
별자리, 별소리, 별의별 궁리 다하다

아무도 별이라고 생각하지 못한
별을
슈퍼에서 사왔다

그것도
천 원에
건빵 한 봉지와 함께
스무 개나 덤으로 들어 있는 별

별이라고 불리는 별이
바람도
구름도 없는
밀폐된 봉지 속 사각 몸통에 끼어

벽에 박히지 못하고 꼼지락거리는 게
안돼서 참 안돼서

누구나
하나씩 가지고 싶어하는 별을
어디서든 나만 바라볼 수 있게
내 몸속에 삼켜버렸다

쥐도 새도 모르게
스무 개나 되는 영혼을
살 속 깊이깊이 숨겨버렸다

낮잠에서 깨어

설핏 깬 눈으로 창 밖을 본다
이슬 서린 나무가 거미줄 친 하늘을 받치고 섰다
한주먹의 땀방울이 이마에 맺혔다
허둥지둥 아이들을 깨우러 방으로 갔다
어둠마저 컴퓨터를 열어 놓고 꾸벅꾸벅 졸고 있다
머리 위로
배곯은 시계의 떨리는 숨결
돌돌돌 돌아가며 시간을 읽는다
오므린 하늘에서
찔끔찔끔 물방울이 떨어지자
꽉 다문 현관문의 말문이 열리면서
저녁이 된 아침, 아침이 된 저녁

꿈속의 꿈

얼마나 더 높이 날아야
너와 손이 닿을 수 있을까

얼마나 더 많은 꿈을 꾸어야
네가 보이지 않을까

꿈,
빗물로 벌어진 시간의 틈에 끼어
악몽으로 잘린 두 팔로
성호(聖號)를 긋는다

다시는 내게
다시는 내 날개 향해
화살 겨누지 말아 달라고

아프다
둥글게 굴리던 감은 눈이

낙엽 위에 쓴 연서

널 보낸 후
무성한 소문
가슴 언저리 하얗게 피어
사무쳤던 날

바람 아래 머물다
떨어진 나뭇잎 사이
그리움 켜켜이 쌓여
앓아누운 열병

풀풀 날리는 마른 잎 위로
하얗게 덮여
잊혀지는 세월
또박또박 함박눈에 써 본
가슴 벅찬
첫사랑

가슴께로 차올라
귀가 먹먹하도록
너의
심장 소리 들린다

첫 눈

당신
사뿐사뿐 내려올 때
나는 붕붕 올라갔다

큰일 났다는 걸 알았을 땐
이미 땅은 사라지고
하늘로 차오른 내 맘
오도 가도 못해
바삭바삭 가뭄이 든다

당신 외엔
아무도 없는 세상
몸과 몸이
살을 비벼 달아오른 맘
호~오
밤새워 녹이고 있다

끌림 5
－영산홍

보이나요?

눈 돌리면
어디서든 불쑥불쑥 나타나
마음 흔들어 놓는
저 영산홍의 미친 그리움을

미치지 않고 사랑하는 이 없듯
미치지 않고 피는 꽃
어디 없나요

말로는 다들 촌스럽다
흔하다 매력없다
흔들리지 말아야지, 말아야지 하면서
결국, 저도 흔들리고 마네요

그리움에 미친 내가
보이나요

꽃잎의 유언

공원 벤치에 앉아
구구절절
꽃잎의 유언을 받아 적는다

너는 향기로워라
아름다워라
그리고
겸손하여라
다시 사랑하여라

땅바닥에 받아 적은 꽃잎 유언
고이 간직하고자
꽃잎 주워
책갈피에 하나씩 끼워 본다

메밀꽃

그럴 수만 있다면
나 언제고
면사포 속 수줍음으로 돌아가
하얗게 웃고 싶다
다시, 그럴 수만 있다면
이대로 잠들어도 좋으리

그대 처음처럼
사랑할 수만 있다면

화살이 정면으로 오는 이유

머뭇거림은 99% 실패
1%로의 확률에 전부를 걸진 않는다

자신감은 정신력의 결정체
바람의 심장도 뚫을 수 있어야 한다

그것이 무엇이든
과녁에 집중하라
두려움 없는 목표는 없다

물방울

휴게실 사철나무 거미줄에
점자(點字)가 걸려 있다

● ○　○ ○

● ○　○ ●

● ○　○ ○

● ○　○ ○

● ○　● ●

○ ●　● ●

○ ●　● ○

● ●　● ●

○ ○　● ○

들여다볼수록 더 궁금한
말간 우주 속으로
더듬더듬 들어가 봤으면

* 점자: 사랑해.

삭발

고 2짜리 아들이 삭발하고 들어왔네
이유야 어찌됐 건
시험 때만 되면 잘려나가는 무명초(無明草)
이제까지 자신을 버리고 거듭나겠다는 결의가
세속에서 벗어나 구도의 대열에 들어선
출가자의 모습 그대로네

삭발한 머리에서
어릴 때 자장구스럽던 자국이 어느새 여물어
군데군데 가부좌 틀고 앉아
출렁이는 눈으로 고요히 바라보게 하네
말없이 바라보게 하네

옻나무

그대 단 한 번의 스침만으로
밤마다 잠을 이루지 못하도록
내 몸 이렇게 뜨겁게 해도 되는가

갑작스럽게 다가와 닿은 손길 끝
벌 한 마리 날아든 적 없는 내 몸
꽃 피우게 하는 이 환장할 열기여

나쁜 꿈

어릴 땐
무서운 꿈만 꿨지

떨어지고
쫓기다
벗어날 수 없는 공간에
묶인
발 때문에

지금도
무서운 꿈꾸지

낯익고
낯선 이
밑도 끝도 없이 쳐들어와
내 사랑 마구 흔들어 놔도

혀끝에 걸려
밖으로 나가지 못한
비명 때문에

나는 밤낮
무서운 꿈만 꾸지
절절한 사랑 때문에

제2부 오래된 길

사람들은 어디 가고
좁은 길
잡풀만 길을 걷는가

풀 사이
이슬로 돋은 외로움
톡톡 털어내며
나 홀로 숲으로 새가 되려 떠나네

한때는 너와 나
가쁜 숨 내쉬며 젖은 숨결로
햇살 안고 오르던 길

울긋불긋 풀들이
소곤소곤 들려주는 산 소식
마음 시리게 울려 놓고

나 풀들의 손 뿌리치고
조각달 걸린 숲으로 별이 되려 떠나네

코스모스

올가을
소원 하나 이루었습니다

마주치면 수줍어
꽃살문 닫고 달아나던 그가
날 보며
해맑게 웃었답니다

하여,
그대 먼 길 떠나도
가슴에 새긴 꽃무늬 펼쳐보며
당분간은 행복할 것 같습니다

다음에 우리 다시 마주칠 땐
꽃과 바람이 아닌
꽃과 꽃으로 만나
서로의 마음에 향기 담뿍 담기로 해요

그땐 당신을

제 마음속 꽃밭에 심어 놓고

보슬보슬 시를 읽어주며

평생 시들지 않는 꽃이 되게 할 겁니다

속 깊은 나무

입 안 가득
웃음 머금은 어떤 아이가
나무 앞에 삐딱하게 서
부러진 칼로 나무 가슴 후벼
그림을 그리고 있었다

나는 현기증으로 휘청거리며 중얼거렸다
"그래도 저 아일 사랑할 수밖에 없어"

별일 아닌 듯
달려드는 새 떼들 무릎에 앉혀 놓고
너울거리며 웃는
나무의 파란 이가 찰지게 반짝인다

나는 큰길로 달려가
나무의 허리를 꼭 껴안고
저 철없는 아이와 나
평생 나무로 서게 해 달라고 빌었다

오래된 길

사람들은 어디 가고
좁은 길
잡풀만 길을 걷는가

풀 사이
이슬로 돋은 외로움
톡톡 털어내며
나 홀로 숲으로 새가 되러 떠나네

한때는 너와 나
가쁜 숨 내쉬며 젖은 숨결로
햇살 안고 오르던 길

울긋불긋 풀들이
소곤소곤 들려주는 산 소식
마음 시리게 울려 놓고

나 풀들의 손 뿌리치고
조각달 걸린 숲으로 별이 되러 떠나네

가을 어느 날

문이란 문은 다 닫고
태교 중인 산모처럼
뻘건 불길 다신 보지 않기로 했다가
문이란 문은 다 열고
호수로 단풍 보러 간다
애인 같은 가로수 손수건 흔들며
누군가의 고백 같은 떨림으로
꽁무니에 바짝 붙어 줄지어 따라오고
저 뒤 먼발치
어릴 적 내 주위 맴돌며
웃음으로 바라보기만 했던
마음속 그 아이
덩치 큰 가로수 뒤에 숨어
붉은 얼굴로 따라온다
돌아보면 흩어질 것 같은 짙은 그리움
나는
알고도 모른 척 가기만 한다

詩꾼의 미문(美文)
—시에게

나는 몇 달을
낙서만 하며 그와 놀았다

詩는 이미 오래 전부터
사랑에 빠진 갈비뼈가
숨어서 대신 쓰고 있었다

그걸 아는 이는
2미터나 가까워진 달 뿐이다

"당신이 누군지 이제 알 때가 됐어요"

모두가 볼 수 있게
늑골 암자에 숨어만 있지 말고
어서 나와
내 귀밑머리 풀어주고

나랑,
태양 한 바퀴 더 돌아야죠

설날 아침

밥상에 숟가락 둘
뒤적뒤적 떡국을 세다
끝내 뜨지 못해
남은
몇 숟갈의 외로움
까치에게 세뱃돈으로 준다

비 오던 날 어머니

때아닌 콩 세례
세상이 보글보글 끓어 넘치는
맛있는 날이면
어김없이
밀가루 반죽을 하시던
어머니

우리 집 가마솥엔
적두죽이 보글보글 끓고
가늘고 하이얀 내 손톱엔
봉숭아꽃 피었다

작약

전생에
얼마나 선하게 살아야
지면서도
저리 곱고 우아하게
생을 마감하는가

늦었지만
나도 선하게 살면
가는 길
장미보다는
작약 이파리 두세 잎쯤
지니고 가지 않을까

지는 모습이 황홀한
마법에 걸려 향기로운 장례식
연분홍빛 눈물까지 저리도
아름다울까

풍경 너
―산책길에서

풍경 속으로 풍경이 걸어간다
낯선 풍경이 낯익은 풍경을 밀어내면
마지못해 밀려난 낯익은 풍경 흔들리다
낯선 풍경에 자리 내어주는
낯익고 낯선 풍경들
앞서거니 뒤서거니 팔을 흔들며 걸어간다
가는 풍경은 늘 가고
남는 풍경은 늘 남는다
그래서 세상의 모든 풍경은 외롭다
풍경이 외로운 것이 아니라
외로워서 풍경이 된 것이다
외롭지 않은 풍경 듣고만 있고
외로운 풍경은 말을 한다
서로 무슨 말을 주고받았는지
어둡고 우울했던 주변 풍경이 환해진다
반짝반짝 미소가 아름답다

남겨진 자리는 늘 외롭다

아침 다그치는 새 소리에
밤새
알몸 끌어안아 주던 훈기가
떨어져 나가느라 법석거린다

헝클어진 주변 정리하고
한참을 창가에 서서
모든 것 다
포용해버린 하늘에 눈길마저 건네주다가
커다란 느티나무 아래 머문다

이상한 나라의 앨리스가 된 걸까
그늘 속으로 들어간 사람들이
나오지 않는다

저기 나만 모르는
또 다른 세상이 있는 건 아닌가
궁금하다

어느 겨울 새벽
그늘 밖으로 나오는 길 몰라
느티나무 아래
주검이 된 사내 떠올리다 보게 된
슬픈 영화 한 편

유자

시골집
뒤뜰에 오래 묵은 유자나무
모진 풍우 겪고도
해풍에 익어가는 푸릇한 향내

해마다
시제에 올릴 고운 빛깔
다듬고 다듬느라
그 속 삭신이 쑤셔옴을 왜 모를까

이맘때쯤
팔순 노모 거친 손으로 손수
헤아리지 못할 노오란 속내 가르고 갈라
젖내나는 사랑 솔솔 뿌려 재우고 또 재워서

행여 바다 향해
외로운 말이라도 나올까
자식 보고픈 맘 드러나지 않게

명치 끝에 맺힌 눈물 꾹꾹 눌러
알싸하게 향기 덮어 보내온다

어머니 배냇냄새

조우(朝雨)
― 아침에 내리는 비

끊어졌다
이어졌다
흥얼흥얼 젖은 노랫소리

나란히 손잡고
신나게 걸어가는 맥박 사이
불쑥 뛰어들어가
발목 시큰하도록 젖은 맨발로
서 있고 싶다

바람 끝에 걸어둔
두 귀 쫑긋 세우고
그대 오나 안 오나
사무치는 그리움 희미해질 때까지
두리번거리며

휘어진 골목 끄트머리
두근거리는 심장 꺼내
숨겨 놓을까 보다

콩밥 말고 흰밥

밥 달라는 아들이 불평을 늘어놓는다
콩밥 말고 흰밥이 먹고 싶다고

가난할 때는
입에 풀칠하기 바빠
슬픔도 절망도 생각하는 일조차 힘들어
희망도 없을 때가 있었다

흰 눈 같은 쌀밥이 그리운 겨울 저녁
눈 한 움큼 뭉쳐
아랫목에 묻어 놓는다

홀딱 벗고 새

월정사 수정암에서 염불하던
저 새
서울까지 따라와
밤낮 쫓아다니며, 벗으란다
무거우니까, 벗으란다

욕심 내려놓지 못해
날마다 절 찾는 거 어찌 알고
마음에 실오라기 하나 걸치지 말고
홀 · 딱 · 벗으란다
앞뒤 가리지 말고, 벗으란다

벗으니까 가볍단다

시간

가는 곳마다
소리 없는 뜨거운 숨소리가
어깨를 들썩이며 시도때도없이
하얗게 내려앉는다
사방 어디에
누가 보채거나 다그치지 않아도
싸늘한 허공에 목숨 하나 걸어 놓고
방향 없는 맨발의 나는 걷고
또 걷는다

난 왜
너의 고른 맥박 소리가
참고 있는 내 아픔처럼 신경이 쓰이는가

퉁퉁 부은 시간에 귀를 갖다대 본다
얼마만큼 부기가 빠져나갔나

잃어버린 시간

산을 힘겹게 넘어가는
일몰의 숨소리 듣다
잃어버린 소중한 것들을 봤습니다

언제 어느 때
무슨 일로 잃어버렸는지 모를
잃은 것 중에는
가슴 깊이 묻어둔 세월 속에
눈 뜨고
형체도 알아볼 수 없는 희미한 빛 수두룩
흐려진 눈으로 바라보다
눈을 감고 말았습니다

잃어야 얻는다고 했던가요
얻는 것보다 잃은 게 더 많은
난 지금
일몰에서 잃은 걸 보고 있습니다

나를 잃고
나를 찾아 헤매는
충혈된 막막한 내 모습
울음소리조차 내지 못하고 젖어
창가에 서 있습니다

어쩌다 가까운
일몰 한번 바라보지 않고
산 한번 찾지 않으며
눈 감고 멀리 떠나 살았는지
당신에게
또는 내게
미안하고, 미안할 뿐입니다

하여, 잃어버린 나를 찾아
여행을 떠나야겠습니다

송구영신(送舊迎新)

동짓날
서원(誓願) 적어
석탑 주변 새끼줄에 곱게 달아 놓는 곳 있기에

파랑, 노랑, 초록종이 중
초록종이 골라
발원 적어 달아 놓고 보니
소원 하나 빠졌네

이래도 되나 싶은 부끄러운 마음
슬그머니 파랑종이 집어
발원 담아
간신히 간신히 새끼줄에 달아 놓고
돌아서려는데

누군가의 버려진 서원지에 적힌
주소와 이름 또렷이 보여
돌아서다 말고
다시 노랑종이 주워 욕심 챙기려다

날카로운 칼날에 스친 검지의
붉은 메시지
호통처럼 터져나오네

비 온 뒤

저수지 가득
물보조개로 황홀한 아침

해가 물기 털며
얼룩진 저수지로 손거울을 본다

동그랗고
눈부신

마음

보려 하나 보이지 않고
잡으려 하나 잡히지 않는
천방지축
자는가 싶으면 어느새 일어나
가슴 밭 뛰어다니는
알 수 없는 수천수만 갈래의
잠 없는 생각, 생각들
맘껏 노닐도록 가만히 놓았더니
온전하게 남은 것
하나 없더라
나도 내가 아니더라

건망증

팔순의 노모도 놓지 않는 정신을
나는 날마다 찾고 다닌다
정말 잊어야 할 것들은
팔팔하게 따라다니며
불쑥불쑥 말 걸어와 슬퍼지는 것인데
내가 날 천 리 밖에서 찾아
데려오는 건
더더욱 슬픈 일 아닌가

회향(懷鄕)

짠물이 싫어
뭍으로 뭍으로 서울까지 왔다

데려온 건
냉기 도는 맵고 짠 말이 아니다
소금기 씻어 말간
유년의 평화스러움을 데려왔을 뿐

그리움도 아닌
이 맵고 짠 말들을
그럼 누가
내게 데려 왔단 말인가

다시 말[言]을 이끌고
섬으로 섬으로 내려가 본다

나를
순하디순하게 부리려 했던
당신에게로

제3부 나뭇잎 배

느티나무 옆에 섬이 산다
나는
섬 중에 가장 작은 섬
섬에서 태어나 섬에서 살다
다시 섬이 되어
배를 기다리며 산다

느티나무 선착장에 배들이 묶여 있다
바람이 닻줄을 흔든다
금방이라도 줄이 풀려
떠내려갈 것처럼 위태로워도
배는
쉽게 닻줄을 놓지 못한다

버려진 폐선들이 발밑으로 가라앉아
화려했던 모습이 일그러져
형체를 분간할 수 없다
나뭇잎 배들이 조심스럽게
닻줄을 풀기 시작한다

아, 저러다 저러다
누구도 태워 보지 못한 빈 배
멀리 가 보지도 못하고
발밑에 또 가라앉으면 어쩌나

그중 한 척의 배가
내 창가로 떠내려와
조용히 닻을 내린다
정박 중이다

기다림의 끝

십자매 가슴에 파도 이는 날
햇살 들어와 알을 낳았다

삐걱거리는 바람
문 여닫는 소리에
알은 금이 갔다

너무 놀라
가만히 둥지를 들여다봤을 때
내 눈썹보다 더 떨고 있는
깃털을 보았다

희고 붉은

폭설주의보

예민해진 바다 입언저리
걸쭉하게 뱉어 놓은 거품
걷어내지 못해
온종일 가슴 치게 하는가

알아듣지 못하는
혀 짧은 소리 그만하고
길이나 좀 터주지

안 지 얼마나 됐다고
끝에서 끝으로
위태롭게 잡은 끈마저
억지로 떼어 놓으려는

바다
하얀 꼬리지느러미

해열제가 필요한 날

아이가 조퇴하고 집으로 왔다
오래된 느티나무도 때론 열이 오른다
잡았던 문고리가 녹으면서 들리는 탈곡기 소리
사방에 버짐이 핀다
바람 냄새가 몹시도 그리운
일상에서 조퇴하고 싶은 날
끌어안은 내 몸으로 옮겨 붙는 열꽃

양치기 소년

그 아이 입에서 훔친 사탕 냄새가 난다
입을 벌리자 꿀꺽 삼켜버린다
들키지 않는 몇 개의 사탕이
호주머니 속에 남아 킥킥거리는 소리를 낸다
주머니가 꽤 깊고 두꺼운 줄 알았던
그 아이 옷을 다 벗기고
하늘 배경 삼아 허허벌판에 세워 놓는다
그곳에는 어떤 냄새도 없다
냉기 도는 바람이 가끔 쳐다보며
지나갈 뿐
여전히 그 아이 볼에선
미처 녹지 못한 사탕이 실실거리며 오물댄다

나뭇잎 배

느티나무 옆에 섬이 산다
나는
섬 중에 가장 작은 섬
섬에서 태어나 섬에서 살다
다시 섬이 되어
배를 기다리며 산다

느티나무 선착장에 배들이 묶여 있다
바람이 닻줄을 흔든다
금방이라도 줄이 풀려
떠내려갈 것처럼 위태로워도
배는
쉽게 닻줄을 놓지 못한다

버려진 폐선들이 발밑으로 가라앉아
화려했던 모습이 일그러져
형체를 분간할 수 없다
나뭇잎 배들이 조심스럽게
닻줄을 풀기 시작한다

아, 저러다 저러다
누구도 태워 보지 못한 빈 배
멀리 가 보지도 못하고
발밑에 또 가라앉으면 어쩌나

그중 한 척의 배가
내 창가로 떠내려와
조용히 닻을 내린나
정박 중이다

끌림

―詩

자다가도 벌떡 일어나
어둠 속에서 그걸 찾는다
천 번도 더 두드렸을 그것에
난 병적인 집착을 버리지 못하고
하루에도 품었다 놓기를 수십 번
무얼 해도 벗어날 수 없는
이 지독한 끌림
아랫배에 힘이 들어간다
침대에 배를 깔고, 머리 위로 젖히고
결국, 자판기에 손 얹고마는
이 지독한 열병

참을 수 없는 손끝
詩를 배설한다

끌림 6
―올림픽 공원에서

커피 보온병과 비스킷 두 개 싸들고
연둣빛 그리움 짙어가는
오월 속으로 가볍게 나선 산책길

풍경 좋은 그늘
여왕처럼 앉아 차만 마시고 올까 하였는데
가슴속으로 쏘옥 들어와
덜컹, 앉아버리는 황홀한 풍경

수면 위로 밑도 끝도 없이 차올라
아지랑이로 피어오르는 먼 그리움
풀잎에 끼워두고
한 잎 사랑 되어
풍경으로 머물고 싶어지는

목욕탕에서

2주간의 비밀스런 기록이
이태리 타올로 미련없이 지워진다
혼자서는 도저히 아파 지울 수 없었던
떨어내지 못한 그리움까지
누군가의 도움으로 다 지웠다

한 시간에 걸쳐
지우다 지우다 못해 채색해버린
뻘건 그리움
허전해서일까 따끔따끔 쓰라려 온다

하루하루 피부 속으로 스며든 흔적
날마다 기록으로 남기지 말고 깔끔히 지웠더라면
살갗이 갈라지며
심장까지 파고드는 아픔 따윈 없었을 텐데

그렇게 늘
품어서 담아서 놓지 못해 번번이 혼이 나고도
잊어버리고 묵묵히 참다 다시 찾는 병적인 그리움

이번 주 들어
악몽 꾸는 날 많았는지
유난히 많은 흔적들

벌겋게 덧난 상처에 살구꽃을 바른다

봄마중

문밖 나무가 흘리는 눈물은 초록빛이어야 하는데
너무나 차가운 얼음빛이라 내민 손 잡을 수 없다

홀로 창밖
시간 닳도록 들여다보다,
멈춰버린 마음 너무 길었던 탓일까
내 명치끝 눈물샘에는
몇몇 나뭇잎 냄새를 희석해 놓은 풀 냄새가 고여 있다

두통이 뇌 세포를 깊숙이 누르는 소리 없는 반항도
알약 하나로 견뎌야 하는 외로움 또는 쓸쓸함

머리맡에 놓인 약병에 백합을 꽂는다

해가 달다

밤새 절박한 심정으로
깊고 깊은 어둠의 독방에
갇혀 보지 않은 사람은 모른다
고독이라는
쓰디쓴 침묵의 독소에
마비되어 보지 못한 사람은 모른다
아침이 얼마나 반가운지
어둠을 밀어올리는 해가 얼마나
달콤한 것인지

빨간 리본

누군가 나뭇가지에
심장을 두 개나 달아 놨다
세 개의 심장을 가진 나무가
흰 서리에 웃고 있다
애써 피운 웃음 옴 싹 떨어질까
살그머니 나무 곁으로 가
이식한 심장에 손끝을 살짝 얹었다
체온과 체온이 짜르르 달아올라
언 손이 따뜻해지는 겨울
빨갛게 물들어가는 빈 가지
나비 날아와 앉는다

염원

잠들어 있는 십자매 깃털이
흐느끼듯 떨고 있다
다시 악몽 꾸지 마라
창문까지 닫아주었는데
콩알만한 심장을
가장 아프게 품은 몸
십자매 발가락 사이로
염주 알이 쏟아진다

본성

검은 콩은 삶아도 검다
믹서에 갈아도 검다
겉과 속이 검다고
꽃마저 검을까
검은 콩도 사랑할 땐
환한 진보라 꽃이 핀다
너도 한때
환한
보랏빛으로 왔었던 적이 있었다

오월에 갇혀

보이지 않는 벽에 갇혀
그림자마저 지운 나

내 안에 갇힌 연둣빛 당신
창가에 핏발선 아픔 세워 놓고
마음의 문이 열리길 기다리네

태양과 바람으로 속을 꽉 채워
어찌할 줄 모르는 욕망으로 발광하는 窓

저 먼 산으로부터 몰려온
오월의 선홍빛 취기가
불 지피며 안달해도
끝내
열리지 않는 門

봄 숲에서

허드렛일 바람끝에 걸쳐 두고
초록 머리 풀어헤친 숲으로 가자
가서, 나오는 길 영영 잃어버리자
볼수록 짙고 눈부신 네 몸뚱어리
향훈으로 살랑이는 허깨비에게 홀려서
진달래 붉은 얼룩
그림자 청설모 되어
열댓 번 널뛰었다 고개 숙인 그리움
맘껏 폈다 접었다
우리가 꾸는 한 꿈 이루어질 때까지
나란히 누워 일어나지 말자
두 심장이 포개져 하늘 오를 때까지
그리로 가서, 나오는 길
영영 잃어버리자

입춘

내일이 오지 않았으면 좋겠다
아니
내일이 오면 좋겠다
새싹은 기다리라 하고
꽃들에겐 천천히 피어나라 할까
지금 같아서는
그대 오지 마라 당부하고 싶은데
아니, 아니지
손 휘휘 젓는다고 아니 올 그대 아니지
와서
내 가슴속 쓰러진 꽃대
곧추세워 달라 해야지
날아올 나비를 위해서라도
암, 그래야 하고말고

7월의 풍경

7월의 숲은 향기로운 바람으로 가득합니다
적당한 햇살이 나무 밑에 누워 평화롭고
나는 공원 벤치에 앉아
바람이 그림 그리는 걸
오래오래 바라보고 있었습니다
조금씩 변해가는 풍경 속에
짙은 물감 냄새가 마구 흔들립니다
그대가 붓을 들고 내게로 와서는
오래도록 잊지 못할
풀 향만 귓불에 흘려 놓고 갑니다
고요 속으로 뛰어드는 청설모 한 마리
잘 그려진 풍경들이 잠시 흔들립니다
내 안의 풍경이 여전히 은은한 빛깔로
행복한 오늘은
호머의 붓끝이 몹시 그립습니다

중심

흰두루미 외발로 한참을 서 있다
사람이 지나가도 꼼짝않는다

나도 외발로 서 본다
그러자
몇 초도 안 되어 흔들려 무너지고 만다

몸의 중심이 흔들리면
마음의 중심도 곧 불안해하다
결국 무너진다는 걸 알았다

흔들림 없이 오랫동안 나를 지탱해 온 마음이
한꺼번에 무너질까 두려워
들었던 발을 얼른 내려놓는다

순전히 가을 때문이다

아무 날도 아닌데
무답시
부침개를 부쳤다

몇 년 만에 쓰는 고소한 연애편지
누군가 받아주길 바라면서
점심도 거르면서 썼다

아침에 한 장
저녁에 한 장

할 말이 그리도 많았는지
부추로 뜨겁게 몇 줄 쓰다 보니
둥근 편지지 두 장이 빼곡히 채워졌다

주소 없는 빈 접시
반송될 걸 염려해
노란 동태 엽서 하나

가을 담아
더 부치고
뭔가 빠트렸다 싶어
깻잎엽서 하나에
마음 담아
추신으로 붙였다

민들레 영토

누구의 영토인지 참 부럽다
과일나무도 없는데
과일이 있다
꽃 나무도 없는데
꽃이 만발한 꽃밭이다
나뭇잎도 없는데
낙엽이 있고
새가 있다
난로가 없는데
난로 가에 앉아 茶를 마시는 것처럼
참 따뜻하다
누구 집인지
정원 넓은 예쁜 집이 있다
茶를 마시는 동안
집 안을 들여다보다
정원으로 난 숲길 따라 거닐며
차를 마셨다
애프터눈 티를 즐기는
타샤의 행복한 모습이 떠오른다

행복한 순간은 늘
시간을 즐길 줄 아는
지금이다

제4부 꽃에게 고함

필 테면 홀로 필 일이지
어찌하여 창살 속 내게 충동질이냐
풀어진 햇살에 시름시름 앓게 하느냐
그 죄 물어야 마땅하나
물을 땐 묻더라도
갈 땐 가더라도
바라건대
더 늦기 전 달디단 그대 입술에
작별인사라도 남기게 하렴

좀작살나무

얼핏 보면
보랏빛 꽃이었다
다시 보면 눈앞이 아찔한
진보랏빛 진주

멀리서는
꽃이 열매고
열매가 꽃이라 우겨도
모르는 척 살짝
예쁘게 속아줄 것 같은
빛나는 꿈 주렁주렁 단
숲의 귀족

왠지
유혹받고 싶고
유혹하고 싶은
신비한 여인의 로망이라 해도
어울리겠어

모과나무

모과나무는 열매가 단풍이다

무슨 영문인지
모두 나들이에 마음은 들떠
색동옷 갈아입고
길에 나와 뽐내고 있는데

상념의 젖은 너는
잎으로 가는 열기 거둬들여
열매로 열매로 타오르게 하는가

모과나무 속사정이야 뭐든
다소곳한 잎 사이로
남정네 주먹 만한 굴곡진 열매도
역시 가을이거늘

밖으로만 타오르는 열정이 있는가 하면
안으로 조용히 거둬들인 열정
뒤늦게 불사르는 사내 하나 있다

가을 냄새

가을 이마에서
안개꽃 송골송골 피어나는 아침
썰물 빠져나간 뱃속
나뭇잎 굽는 냄새가 건반을 친다

더 신나게
더 허기지게
질퍽한 개펄을 뛰어다니는 음표

가을이 깊어갈수록
허기는 더 심해질거라며
스쳐가며 던지는
장난스런 바람의 말

문득
공원의 나뭇잎 빵은 다 익었을까
익어 땅에 떨어진 빵은 없을까
궁금해지는

너 외엔
아무것도 생각하기 싫은
오늘로
풍경이 익어간다

여름잠

여름잠은 얇고 짧다
너무 얇고 짧아
제대로 된 꿈 한번
꾸어 본 적이 없다

잠들면
별빛 달빛 쏟아져
꿈이 달아나고
꿈 들면
빤히 얼굴 들여다보는 해로
늘 조각나는 꿈

꿈도 잠도 단편인 여름밤
끝없는 은하수 따라
장편의 예쁜 꿈 한번
꾸어 보고 싶다

사루비아

몰랐다
네 마음 어디에 그런
도발적인 열정 숨어 있었는지

바람에
꺼질 줄 모르는 불길 끌어안고
밤새 들길 달렸을 선홍빛 그리움
피워내는 순간
가슴의 진통으로 숨이 차오른다

나는 몰랐다
누구나 사랑하면
바라만 봐도 목이 메어 온다는 걸

기억의 자국을 지우다

옷에 껌이 묻었다
언제 어디서 어떻게 따라왔는지 모를 기억이
까맣게 얼룩져 무늬처럼 붙어 있다

억지로 떼어내면 떼낼수록
더 악착같이 달라붙는 생각의 생각을 더듬다
손가락 끝에 감기는
알 수 없는 슬픈 향기가 아프다

물렁물렁한 기억 저편
향기나는 시간 있었음을
어쩌다 지우고 싶은 얼룩이 되어버렸는지

옷 위로 오늘 신문을 덮고
다리미에 열을 가한다
무엇으로도 떨어지지 않을 것 같은 순간들이
한 번의 다름질로 흔적 없이 사라지고 만다

무엇이든 마음먹으면
그렇게 쉽게 비워지고 말 걸
너무 오랫동안 지니고 다녔던 어리석음
인제야 홀가분한 마음으로
사는 일이다

얼레빗

마곡사 입구에 걸린 반달 따서
내게로
한걸음에 달려온 당신

설렁설렁
긴 머릿결 쓰다듬는 반달 속에서
검게 타버린 그리움이 만져진다

어쩌냐, 자꾸 반달에 손이 가니

지지 않는 꽃

내가 오가는 싸늘한 길가
장미 한 송이 철모르고 피었다

가슴에 바람 들면 뭘들 못하랴
파란 두근거림은 생략하고
흑백 나뭇잎으로 종아리만 살짝 가려 놓더니
실성한 듯
붉은 가슴 열어젖히고
교태스런 눈웃음 살랑살랑
낯 간지럽게 유혹하는 붉은 채색화
한 점

한겨울에 붉은 꽃 피었다
사랑 꽃

불광사에서

가을꽃 한 아름 안고
부처님께
공양 올리는 저 수줍은 처사
참으로 어여쁘다

가부좌 튼 석가모니불
시린 무릎
꽃으로 포근히 덮어주는 마음
얼마나 어여뻤으면
물끄러미 내려다보시던
지장보살 입가에 웃음 하나
관음보살 미소 둘

웃음꽃 향기로 자욱한 법당
문턱을 넘다가 멈칫 돌아서
나도 모르게 꽃을 향해
허리 숙여 합장했다

그렇구나
부처님도 꽃을 좋아했어
누구나 꽃을 좋아할 텐데
춥고 가난한 마음
바라고 기댈 줄만 알았지
한번이라도 헤아려 베풀 줄은 몰랐어

당신에게도 나는
늘 바라고 기대기만 했었네
어 머 니

꽃에게 고함

필 테면 홀로 필 일이지
어찌하여 창살 속 내게 충동질이냐
풀어진 햇살에 시름시름 앓게 하느냐
그 죄 물어야 마땅하나
물을 땐 묻더라도
갈 땐 가더라도
바라건대
더 늦기 전 달디단 그대 입술에
작별인사라도 남기게 하렴

거리 좁히기

비가 오면
멀었던 것들이 좁혀진다

잘 보이지 않던 흐린 것들이
선명하게 보이기 시작하고
차고 모난 그늘진 것들이
아무런 저항도 없이 젖어들다
급기야는 서먹함의 수위(水位)를 넘어
말똥한 물방울로 사방에 길을 열어주는
젖은 몸통들

젖을수록 흐릿하고 고요한 것들이
더 잘 스며드는 내 몸
저벅저벅 길을 내는 비

그저 그렇게

그저 그런 것들이 하몽하몽
그렇게 지나간다
그대가 처음 건너왔던 바람의 징검다리를
난 그저
그대 얼굴 멀어질 때까지 물끄러미 바라볼 뿐이다
모든 것은
그저 그렇게 서로 물끄러미 바라만 보다
멀어지고 잊혀지는 것이다

먹이사슬

플랑크톤은 갓난 물고기를 만났고
갓난 물고기는 정어리를 만났고
정어리는 고등어를 만났고
고등어는 참다랑어를 만났고
참다랑어는 고래를 만났다
그리고 나는 너를 만났다

무지개

전혀 다른 일곱 빛깔 긴 색실도
서로 엉키지 않고, 끊기지 않고
일정한 거리와 형태를 유지하며
순간순간 행복을 꿈꾸며
평생 한 몸으로 아름답게 살아가는데
한 뼘도 되지 않은 내 마음속은
허물지 못해, 풀지 못해
시작도 끝도 없는 답답한 벽
온통 낙서투성이다

별이라도 모종해 심어야겠다

시작(詩作)

알고 보면

우리는 이미 오래 전부터

누군가 번뇌로 훑어 놓은

언어의 개펄을 수시로 들락거리며

훔친 언어로

흉내만 반복하고 있을 뿐

새벽

밤과 낮이
맞절하고 헤어지네
이 꿈에서 저 꿈으로

야근하고 돌아온 조카 녀석
꿈 틀어 놓고 잠들었네
저 방에서 이 방으로

불면증

낮에 마신 진한 커피 한잔보다
향기 없는 너의 그 한마디가
더 썼나 보다

목련

마음속 작은 티끌 훤히 보일 것 같아
그 길 지나가지 못하겠다

오며 가며
발밑으로 툭툭 내뱉는
어머니의 한마디

오늘도 착하게 살아라

시계

닫힌 문 사이로
그가 내게 말을 걸어온다

남들은 그저 지나칠 재미없는 얘기
귀 기울이며 웃어주는
그의 인생 이야기 들어주다
잠들지 못하는
낮과 밤

별똥별

기쁠 때보다
슬플 때
더 많이 떨어진 별

밤하늘 바라보며
누군가에게 수시로 물었던 물음들

그 물음의 답을
가장 가까이서 만난다

인생론적인 사색과 통찰의 시

강희근
(시인 · 경상대 명예교수)

1

유미라 시인의 시는 놀랍게도 인생 쪽이다. 첫 시집에서는 대체로 자연이나 일상을 표현적 관점에서 바라보는 것이었으나 이번 두 번째 시집 『창가에 닻을 내리고』에서는 인생론적 관점으로 변화를 보이고 있다. 그것 나름대로 성장의 리듬에 올라 서 있는 것으로 봄이 옳을 것이다. 시인은 인생에 대해 생활에 대해 가장 정직하게 접근하는 사람임을 염두에 둘 때 유 시인은 이제 발언하기 시작한 것이다. 왜 사는가에 대한 것이거나 대상에 대한 시선에서 초점을 잡아 말하는 것이거나 생래적으로 멈출 수 없는 그리움에의 접근을 보이는 것은 삶에 있어서 전혀 외면할 부분이 아니라는 통찰에 닿고 있는 것일 터이다.

2

유미란 시인의 시는 앙증맞다고 할 정도로 꽃에 대한
단상을 풀어 놓는다.

보이나요?

눈 돌리면
어디서든 불쑥불쑥 나타나
마음 흔들어 놓는
저 영산홍의 미친 그리움을

미치지 않고 사랑하는 이 없듯
미치지 않고 피는 꽃
어디 없나요

말로는 다들 촌스럽다
흔하다 매력없다
흔들리지 말아야지, 말아야지 하면서
결국, 저도 흔들리고 마네요

그리움에 미친 내가
보이나요

　　　　　　　　　　　　　　　─〈끌림 5 -영산홍〉 전문

따옴 시는 그리움을 작정하고 쓴 시편이다. 영산홍을
보고 쓴 시이지만 영산홍에 대한 표면적 접근이 아니다.

114

철쭉과에 속하지만 일반 진달래 하고는 다른 특성 같은 것을 드러낼 만한데 그냥 줄이고 영산홍의 그 짙붉은 색채가 환기하는 서정으로 돌입하고 있다. 영산홍의 사물적 접근이 아니라 영산홍에서 느낀 시인의 감정을 풀어 놓고 있는 것이다. 이런 점에서 유 시인의 시가 삶이라는 쪽으로 깊이 들어서 있다고 말할 수 있는 것이다. '어디서든 불쑥불쑥 나타나/마음 흔들어 놓는/저 영산홍의 미친 그리움을' 보느냐고 말한다. 시적 대상은 대상으로서의 존재로 화자에게 오는 것이 아니라 화자가 필요하여 대상을 선택한 것이다. 말하자면 화자의 짙붉은 그리움이 영산홍을 끌어당기고 있다.

〈메밀꽃〉도 똑같은 이야기를 할 수 있다.

그럴 수만 있다면
나 언제고
면사포 속 수줍음으로 돌아가
하얗게 웃고 싶다
다시, 그럴 수만 있다면
이대로 잠들어도 좋으리

그대 처음처럼
사랑할 수만 있다면

—〈메밀꽃〉 전문

따옴 시 또한 메밀꽃에 대한 외재적 접근이 아니다. 메밀꽃을 보고 느껴진 시인 자신의 심정이 표현되어 있다. 짧은 단상이다. 다만 메밀꽃에서 하나의 이미지만 선택해 왔다. '면사포' 빛깔이다. 그 이미지만 가지고 첫사랑 짝에 대한 사랑의 회복을 갈망하고 있다. 어떻게 보면 메밀꽃은 죽고 화자의 정서만 살아나 있다. 이런 단상은 요즘 유행으로 쓰여지고 있는 디카시류에 알맞은 시다. 디카로 메밀꽃의 면사포 이미지를 찍고, 그것이 달아나지 않는 선에서 순간 포착을 하는 것이다. 이 시도 디카시 이론에서 말하는 '날시' 개념을 적용해도 좋을 것이다. 어쩌면 받아 적기인 셈이다. 창조는 조물주가 해 놓은 것을 디카는 그 창조된 한순간을 찍어내는 것이다.

시 〈코스모스〉는 앞의 두 편과는 성질이 좀 다르다.

올가을
소원 하나 이루었습니다

마주치면 수줍어
꽃살문 닫고 달아나던 그가
날 보며
해맑게 웃었답니다

하여,
그대 먼 길 떠나도
가슴에 새긴 꽃무늬 펼쳐보며
당분간은 행복할 것 같습니다

다음에 우리 다시 마주칠 땐
꽃과 바람이 아닌
꽃과 꽃으로 만나
서로의 마음에 향기 담뿍 담기로 해요

그땐 당신을
제 마음속 꽃밭에 심어 놓고
보슬보슬 시를 읽어주며
평생 시들지 않는 꽃이 되게 할 겁니다
—〈코스모스〉 전문

따옴 시는 코스모스에 대한 정면으로 부딪치는 이야기를 담고 있어서 몇 군데의 의인화를 전제로 하고도 화자의 서정을 노래하고 있는 것으로 보이지 않는다. 그러나 결국 6연에 이르러 화자의 속내를 보이게 됨으로써 시는 '시치미떼기'(반어)라는 것을 알게 된다. 코스모스에 대한 이야기인 체하다가 결국은 화자의 감정으로 돌아오는 것인데 그것이 곧 반어(아이러니)인 것이다. 시인이 시를 쓸 때는 반어로 써야지 하고 쓰지는 않았을 텐데

결과적으로 반어가 되고 있다. 이것이 자연스럽다. 코스모스의 이미지인 '당신'을 결코 내 가슴속에 심어 놓고야 말겠다는 의지를 보인 것이다. 시의 반어는 기법상 고급한 것에 속한다. 그런데 그 고급함이 자연스러울 때라야 제 값을 지니게 된다. 유 시인은 그 값에 정면으로 호응하고 있다.

3

유미란 시인 시의 무게는 사색적 깊이에 있음을 본다. 우선 〈모서리〉를 보자.

나는 모서리가 싫다

사람이든 물건이든
창끝을 보는 것 같아 정말 싫다
내가 다니던 초등학교 이 층 난간은 섬뜩했다
우리 아이들도 모서리에 깨지고 찢기며 자랐다
모서리를 보면 눈이 시려 고개 돌려버린다
마음이 모나서 모서리가 된 건 아니겠지
몸속에 둥근 걸 품기 위한 모서리인가
그토록 모서리를 싫어하면서
나는 모서리를 떠나 살아 본 적이 없다
모서리에서 잠을 자고

모서리에서 밥을 먹고
날카로운 모서리로 요리하며 모서리로
글을 쓴다
그럭저럭 모서리와 몸 섞여 살다 보니
나도 모르게
닳고 닳아 무디어지는 모서리
예리한 칼날 품고 눈매 매서웠던 그 아이
지금 어디서 달을 품고
둥글게 살아갈까

―〈모서리〉 전문

따옴 시는 모서리가 닳으면서 사는 인생을 말하고 있다. 초등학교 시절의 난간 끝의 모서리, 생활공간 곳곳에 덫처럼 널려 있는 모서리, 그 속에 섞여서 살면서 자기도 모르는 새 닳아버리는 모서리를 순서대로 지적하고 있다. 우리 속담에 모난 돌이 정 맞는다는 말이 있다. 모가 나면 어디에서건 돌출이 되고 정면으로 거스르는 반동을 만나게 된다는 것이다. 모가 나서 좋을 것은 아무데서도 찾을 수 없다. 그 모가 이지러지지 않고서는 화합이나 평화나 공동체로 사는 길이 막힐 수밖에 없다. 이 삶의 철학이라 할까 사색이랄까 하는 데로 유 시인은 향하고 있다. 따옴 시는 처음에 제시한 초등학교 난간 끝의 모서리를 뒤에 가서 다시 환기시킨다. 그 난간에 어울렸던

‘예리한 칼날 품고 눈매 매서웠던 그 아이/지금 어디서 달을 품고/둥글게 살까’ 로 맺고 있는데 수미쌍관이라 할까, 구조적이라 할까 짜임에 있어서도 앞뒤가 어울리게 해 놓고 있다.

 다음은 불길에 휩싸이지 않고 깨어 있는 삶에 대해 사색하고 있다.

> 열어 놓은 창으로
> 불길 번져온다
>
> 누군가 날 깨우지 않았더라면
> 저 불길 속에 갇혀
> 영원히 헤어나지 못했을 텐데
>
> 깨어 있어 다행이다
>
> —〈몹쓸 가을〉 전문

 따옴 시는 어떤 상황에서도 깨어 있어야 함을 말하고 있다. 시에서는 가을 단풍이 나오지 않고 이미지로만 살아 있다. ‘불길’ 이 단풍이다. 그러나 시에서 꼭히 단풍을 두고 불길이라 한정해 말하지는 않았다. 조락의 계절이거나 나목의 계절이 비유의 외연이 될 수도 있다. 중요한 것은 지금 화자가 ‘깨어 있어’ 다행인 점이다. 인

간은 늘 중도 폐지에 들거나 거룩한 계획을 세우고도 작
심삼일로 그치는 경우가 많은데 화자는 이를 경계하고
있는 것이다. 소품이지만 행갈이의 묘미가 의미를 일깨
우는 구조로 단단해 보인다.

다음 시는 불가적 사색을 보여준다.

월정사 수정암에서 염불하던
저 새
서울까지 따라와
밤낮 쫓아다니며, 벗으란다
무거우니까, 벗으란다

욕심 내려놓지 못해
날마다 절 찾는 거 어찌 알고
마음에 실오라기 하나 걸치지 말고
홀 · 딱 · 벗으란다
앞뒤 가리지 말고, 벗으란다

벗으니까 가볍단다

―〈홀딱 벗고 새〉 전문

따옴 시에서는 '꽃'에 거는 의미를 '새'에다 걸고 있
다. '새'의 이미지는 가볍고 자유롭고 천진하고 멀리 날
아간다. 요약하면 자유다. 인간은 언제나 무거운 짐 위

에 욕심의 짐을 얹고 다니므로 고통을 벗어나지 못한다. 그 고통을 안락으로 바꾸기 위해서는 가진 것, 입고 있는 것, 지고 있는 것을 모두 벗어야 한다는 것이다. 무소유로 살아라는 이야기다. 모든 종교는 모두 '버리기' 를 화두로 실천에 들어간다고 볼 수 있다. 기독교에서는 부자가 하늘나라에 들어가는 것은 낙타가 바늘귀를 빠져나가는 것보다 더 어렵다고 가르친다. 그러나 무욕, 욕심을 버리는 것이 쉽지 않다. 세상이 시끌시끌하고 전쟁을 하고 시비와 논쟁에 휩싸여 있는 것은 거개가 더 가지려는 욕심 때문에 오는 것이라 함이 옳다. 세상 일반의 지향이기도 하고 속성이기도 하다. 그렇지만 그에 대한 버리기, 거리두기는 끊임없이 시도될 수밖에 없다. 그렇지 못한 곳에서 인류의 이상이나 온전한 꿈을 실현할 수는 없기 때문이다. 화자는 '새' 의 입을 빌어 '버리기' 를 권한다.

4

필자가 유미란 시인의 시 중에서 인상 깊게 읽은 시편들은 다음과 같다.

- 첫눈 : 첫눈을 보며 그리움에 들다
- 꽃잎의 유언 : 꽃잎이 지면서 하는 말들

- 시간 : 시간은 흐르고 나는 아프다
- 비 온 뒤 : 저수지 풍경
- 건망증 : 자기 다스림의 어려움
- 회향 : 회향의 심회
- 나뭇잎 배 : 잎을 배에 견주어 보다
- 얼레빗 : 얼레빗에서 그리움을 읽다

그중에서 〈나뭇잎 배〉는 매우 독특한 발상의 시다.

느티나무 옆에 섬이 산다
나는
섬 중에 가장 작은 섬
섬에서 테어니 섬에서 살디
다시 섬이 되어
배를 기다리며 산다

느티나무 선착장에 배들이 묶여 있다
바람이 닻줄을 흔든다
금방이라도 줄이 풀려
떠내려갈 것처럼 위태로워도
배는
쉽게 닻줄을 놓지 못한다

버려진 폐선들이 발밑으로 가라앉아
화려했던 모습이 일그러져
형체를 분간할 수 없다

나뭇잎 배들이 조심스럽게
닻줄을 풀기 시작한다

아, 저러다 저러다
누구도 태워 보지 못한 빈 배
멀리 가 보지도 못하고
발밑에 또 가라앉으면 어쩌나

그중 한 척의 배가
내 창가로 떠내려와
조용히 닻을 내린다
정박 중이다

―〈나뭇잎 배〉 전문

　따옴 시는 나뭇잎을 배에다 비유하여 늘 어디론가 가고 싶어하는 화자의 갈망을 표현하고 있다. 시에서의 구도는 느티나무와 섬, 거기 떨어지는 나뭇잎의 관계이다. 화자는 늘 섬에 갇혀 있고 어디론가 가야 하는데 떠나갈 배는 떠날 듯하다가도 발밑에 깔린다. 오늘은 그 잎이 창가로 와 정박 중인데 그것은 화자의 갈망을 환기해 주고 있다. 이 시는 인간 존재에 관한 사색을 보여주는데 그 존재는 '섬'으로 비유된다. 섬은 언제나 그 자리에서 바람을 맞이하고 파도를 받아주고 이웃에서 보내는 다른 섬의 음성을 듣고 있다. 그러나 그 섬은 원초적으로

어디로 갈 수가 없다. 화자는 떨어지는 잎을 스스로의
배로 이야기하지만 그 배 또한 결국은 안정된 항해를 할
수 있거나 목표지점을 향해 나아갈 수 있는 존재가 아니
다. 여기에 화자의 비극이 있다. 시의 구도를 세우면서
화자는 옴짝달싹할 수 없는 공간에 유폐된 자아를 바라
보게 된다. 그러나 잎은 마지막 잎새만 남아 있는 것이
아니기에 소정의 시간에 기대를 걸 수는 있다. 그것이
비극이고 허무의 정체가 된다. 유 시인은 이런 사색으로
그가 살고 있는 현재의 삶을 닫힌 공간으로 파악하고 있
다 할 것이다.

그림에도 유 시인은 희망의 문을 닫아걸지 않는다. 〈얼
레빗〉을 보자.

마곡사 입구에 걸린 반달 따서
내게로
한걸음에 달려온 당신

설렁설렁
긴 머릿결 쓰다듬는 반달 속에서
검게 타버린 그리움이 만져진다

어쩌냐, 자꾸 반달에 손이 가니

—〈얼레빗〉 전문

단아한 소품이다. 얼레빗으로 머리를 빗는데 그리움이 만져진다는 것이다. 화자는 이렇게 그리움이라는 에너지로 살아 있음을 확인한다. 세상에 대한 끈을 놓아버렸을 때는 그리움이라는 것이 자리 잡을 데가 없다. 그런데 유 시인의 시는 간단 없이 그리움의 형체를 만들면서 그 그리움 속으로 들어가고 있다. 여기에서 그가 절망이나 닫힘이라는 극단을 계속 피해가고 있음을 보게 된다. 따옴 시에서 얼레빗을 반달에 비유한 것부터가 또 다른 준비와 의욕의 표현에 다름 아닌 것이다.

유미란 시인의 이번 시집 『창가에 닻을 내리고』에서는 사물이 사물 자체로 노래된 예는 거의 없다. 앞에서 지적한 대로 그의 시는 인생론적이기 때문이다. 불가적 사색이나 존재론적 사색이나 그리움의 형상으로 꽃을 바라보는 일 등은 모두가 살아 있고 어딘가로 지향하고 무엇인가를 이루려고 하는 하나의 몸부림인 것이다. 그런 몸부림들의 총체가 이번의 시집이라 할 수 있을 것이다. 수사가 부드럽고 언어가 소박하고 따라서 시상이 중층으로 꼬여 있지 않다. 편하게 읽히는 시를 가지고 우리 앞에 다가선 것이다. 그가 시로써 발언한다는 도정이 하나의 세계를 이쯤에서 만들고 있다는 표시로 읽을 수 있다. 사람됨도 아름답지만 그의 시가 그 아름다움 위에 실천적인 형상으로 자리 잡았다는 점에서 박수를 받을 만하다. 짝, 짝, 박수를 보낸다.